KB146112

꽃뫼

최영호 시집

시음사
시사랑음악사랑

시인의 말

한시대를 살아가는 사람들마다 예술과 문학을 그리워하고
사랑해야만 합니다.
밥보다 따뜻한 마음의
양식이 있기 때문입니다.
문학의 꽃 시는 시인의 시를 읽는 독자의 오독과 저마다의
다른 느낌으로 태어날 때 완성됩니다.
어렵지 않은 시어로 즐겁게 읽고 공감하기를
바랍니다.
자연에서 왔다 자연으로 돌아가는 길에 마음속 꽃을 피우
는 삶이 되기를 바랍니다.
광대로 살아온 이십팔 년 세월의 깨우침은 스스로 행복해
야만 관객과 함께할 수 있습니다.
영천에서 안동 하회마을까지 왕복 이백 킬로미터이고 일
년에 삼백 번 정도의 공연을 하기 때문에
매년 지구 한 바퀴 이상 달려가 관객과 만나 즐거운 신명을
나누고
돌아오는 길에 시를 생각하는 즐거움을 나누고 싶습니다.
출간에 도움을 주신 한성메디컬 김명천 박사님을 비롯해
김락호 이사장님께 감사드립니다.

시인 최영호

♣ 목차

♣ 목차

♣ 목차

하늘 맑은 날

하늘 맑은 날 걸어둔 나의 마음 구름이 되어
세상 끝을 달려가 님의 마음에 닿기를 바랍니다.

식어버린 가슴에 푸른 바다의 너울로 일어나
기쁨의 파도로 끝없이 부서지고 싶습니다.

당신의 쓸쓸한 어깨를 보듬고 푸르른 미소를 지으며
번져간 기쁨이 활짝 핀 꽃이 될 때까지
끝없는 파도로 부서져 하얀 포말이 되고 싶습니다.

하늘 맑은 날 너에게 달려가 해갈의 단비로
촉촉하게 젖어 들어 생명을 키우는 사랑이 되고 싶습니다.

하늘 맑은 날 하얀 구름이 되어 더욱 높은 하늘로 날아올라
님에게 닿기를 바랍니다.

내가 왔노라

그대여
문을 열고
나를 맞으라

기다림은 끝났다
창문 너머로 봄은
왔노라

천년을 기다려
꽃뫼에 꽃이 피었노라

함께 웃으며
춤추자
어깨가 들썩
깨춤 추노라

무도리

산은 태백의 줄기를
달려 꽃뫼에 머물렀다.
물은 황지를 흐르고 산을
돌아 꽃내가 되었다.

십칠 세 늙은 처녀
산길을 내려와 떡달의
어깃장에 실소를 던지고
돌아서는 봄날은 간다.

전설은 바람에 날려
강물 따라 흘러가고
천년의 맺지 못한 인연
부용대 절벽이 울음 우는
무도리의 슬픈 사랑 이야기.

흩어진 꽃잎은
꽃내를 흐르고
향기 목마른 춤사위 다짐
그리움으로 남았다.

봄 나비 날으샤

"안녕하세요 밥 한번 합시다"
오고 가는 길에 만나는 인사
배가 고파 하는 말은 아닙니다
사람의 정을 나누고 싶은
목마른 갈증 때문 입니다

마음 밭에 따뜻한 밥 한 그릇
올리고 미소 한 움큼 피웁니다
선물 받은 봄이 움트고 꽃이 핍니다
번지르르한 행복이 나비가 되어
나를 너에게 보냅니다

분분한 삶 속에서 문득 떠오른 봄
자꾸만 마음 쓰이는 사람
봄 바람 따스한 마음 밭에
당신의 미소가 그립습니다
봄 나비 날으샤 미소 꽃에 않았습니다
설레이는 웃음이 나풀거립니다.

하얀 나비

유충의 고단한 마음자락
님 그리워 펼쳐 놓고
꽃을 찾아 떠나는 나그네야

정처 없는 서툰 길
날아 나침반 없는
푸르른 창공
두 팔 펼쳐 안아보자

억겁의 세월을 지나 다시 봐도
님의 환한 웃음 속 얼굴과 너의
가벼운 몸짓을 기뻐하노라

사랑스러운 붉은 꽃잎
순백의 열정과 만나 함께
어우러져 춤추는 자태에
기쁨의 눈물로 가슴을 적신다

하이얀 도포자락 딛고 선
버선발 큰 부채를 펴고
춤추는 양반광대
그리운 춘삼월 돌아오면
다시 만나길 바랍니다
순수의 결정
하얀 나비여

시인 양반

바람이 불면 바람 앞에 선다
비가 오면 비에 젖고
눈이 내리는 날에는 눈과 함께 걸어 본다
밤이면 하얀 종이에 별을 노래하고
삶과 죽음의 고단함을 아름답게 장식한다

피할 수도 도망갈 수도 없는 노릇이다
시를 함께 노래하는 사람들과
공유하며 꽃을 그려본다
목면을 쓰고 춤추는 광대가 말하는 시는
또 다른 하나의 소통이다

서낭당 나무 깊은 뿌리보다
든든한 고향 언덕을 노래하자
사랑으로 몸을 던져 생살을 토해낸
진심을 담아 수채화로 그려보자
아플 때나 슬플 때 항상 따뜻한
김치 콩나물국밥으로 뜨끈하게
녹이는 넓은 가슴의 시인이 되자

하회마을

새벽안개는 둥근 초가지붕을 촉촉하게 적시고,
몽실 몽실 굴뚝 연기 피어오른다. 한낮 뜨끈한 온기가 돌면,
탈 광대 어깨춤 덩실덩실 굼실 굼실 나들이객도 함께 춤춘다.

강바람 갈대 손사래 하늘 보고,
하루 종일 붓질에 저녁노을이 수줍은 듯 붉게 물들면,
강물을 가로질러 뽕나무 숯 봉지에 숯불이 비처럼 내리고,
달걀껍질에 기름불 동동 떠내려오면,
나룻배를 탄 선비의 시 대꾸 주고받는 선유줄불놀이 은은하다.

불천위 봉제사에 달빛 희머른 촛불 사이로
"유세차" 할배 부르는 소리가 낭낭하다.
어둑한 흙담 골목길 먼 산 부엉이 소리
천년을 지켜온 이화촌 배나무가 귀를 기울이고 있다.
배 ~홍 배~홍 부~~홍

산다는 것은

산다는 것은
사랑하는 것

열정 돋는
뜨거운 심장을
서로 부비며
측은지심의 감정을 나누는 일

그리고
꽃구경 봄 구경 끝나는 날
목놓아 울다가
이름 석 자 남기고 돌아가는 곳

남은 자의 가슴 한편
희미한 추억을
남기고
불 꺼진 방에
누군가의 눈물로 남는 것

훈련마치

열아홉 청춘 낮에는 뙤약볕 소금꽃 피고
탈 쓰고 춤추는 소매마다 신명 가득하다
샛별은 아침 이슬을 노래합니다

부용대 앞 낙동강 땡볕 되면
수구를 하던 청춘 만발하던 꽃내
찬 겨울 강바람은 언 가슴을
파고 들어와 냉골든 구들장
마냥 아리고 썰렁한 세월뿐

밤새 우는 바람소리
하얀 서리 앉은 머리
스치고 지나갑니다

쓴웃음 첨벙첨벙
비껴가고 먹먹한 가슴
회한의 눈물 흐르고
꽃내에 봄은 언제 올까요?
청춘은 흘러도 훈련은 끝이 없구나.

벚꽃길

하이얀 보숭이 가지마다
몽실 거려 수줍은 듯
밤사이 내린 봄비에
세수를 하고 벙글벙글
피어나 아지랑이 벌 나비
분주한 모양이 싱그러워요

신혼의 연분홍 드레스를
갈아입고 청춘 남녀의
입맞춤을 축복이라도 하듯이
봄바람 휘날리며
날아다니는 벚꽃잎은
나풀거리며 춤추는 나비가 되어요

봄은 또 그리도
가슴 벅찬 노래를 불러요
하회마을 벚꽃길을
둘이 걸어요
웃으며 두 손잡고
둘이서 걸어요
벚꽃잎 꽃비 되어 날리는
둑길을 둘이 걸어요

월영교

천천히 내려가소
뛰면 자빠진다
서산에 해 진다
눈물이 난다
따뜻하게 웃고
자빠져야 할 어릿광대가
울어서야 되나
함께 걷던 큰 광대
세월 이기는 장사 없구나

눈비 맞아가며 춤추고
댓거리 하던 님아
낡은 무명저고리 입고
바닥 뭉그러진 버선이
애닯다 슬프다
월영교 달밤을 같이 걷던
님아
서산에 해 진다 하니
혼자 눈물겨워라

늙은 부부

찬란했던 기쁨
들썩이던 환희
포근했던 어깨에
얼굴을 비비던 청춘
뜨거운 사랑 꽃

식어버린 무릎 위에
이끼 자란 늙은 기와여
초점 잃은 눈빛으로
바라보는 눈동자여

정점에 달했던
사랑은 세월의
비를 맞고
식어 맥없이
쓰러져 있었다

천길 벼랑 끝에 부는
바람에 매달린 마지막
잎새의 애달픈 마음아!
손가락 끝에 매달린
화두로 살아가는
오래된 사랑아.

보고 또 보고

때때로 가만히
나를 본다
봄이 되면
쑥국 쑥국 노래가 술술술~

삼월에 쑥국은
봄 처녀의
여자보다 설렌다

쌀뜨물만 넣어도,
싱그러운
호미질의 정성과
그녀의 봄바람이
입안 가득 춤춘다.

오르락내리락
시소 같은 마음
때때로 숨 쉬는
부처님 미소에
쑥 내음 가득한
얼굴을
보고 또 보고

각시 잠 잔다

굴뚝 위 성근 나무 궤짝 속 목면
천년 묵은 숯검정을 향물에 씻고
꽃뫼 중턱 서낭당 한 평 반 남짓한 초당에
국보 121호 하회탈을 모시고 그녀를 부른다

이루지 못한 사랑 찾아 목면 깊숙이 무거운 눈동자가 빤짝이며
살아나고 사람 어깨 위로 모신 새 각시탈
가파른 산 중턱 길을 내려와 집집마다 잔치판을 벌인다.

소 잡은 백정이 염치를 팔고, 할미 짓무른 눈가에 눈물이 흐른다
문 없는 문을 찾지 못한 늙은 중은 욕정을 업고 달아나고,
턱도 없는 바보 광대 어리광에 웃음보 터진 전통마을

과거로 현재를 자랑하는 허울뿐인 양반탈에 허허로운 웃음소리
호탕하다.

만송정 솔밭이 노을빛으로 물들면,
탈을 만든 허도령과 열일곱 처녀의 혼례가 치러지고
천년에 못다 한 사랑 각시 잠잔다.

꽃뫼의 나라

죽으면 쓸 수도 없는 돈을
벌려고 죽기 살기로 삽니다.
행복을 그리워하면서
해 질 녘 아름다운
저녁노을을 보지도 않습니다.

지나간 첫사랑을 잊지 못하고
옆에 있는 보석은 잊고 삽니다.
가까이 있는 보석을 돌 취급합니다.
먼 산의 돌을 보고 보석인 양 그리워합니다.

팝송은 대단하고 할머니의
니나노 가락은 천대합니다.
남의 나라 문화는 찬양하고
우리의 특별한 신은 미신이라
칭하는 것은 물론 굿이라며
억압합니다.

내 집의 보석 아내는
마누라 밥순이라 하고
남의 부인을 보고
어쩔 줄을 몰라
안절부절 합니다.

소중한 오늘은 무시하고
지나간 과거를 그리워합니다.
바로 지금이 행복인데,
미래의 행복을 꿈꾸는 사람들...

봄의 정취를 한껏 느낄
꽃뫼의 봄은 새 울고
생명이 움트는 지상낙원
보석은 마음속에 웃고
대한민국은 좌청룡 일본과
우백호 중국의 천하명당
꽃뫼의 나라입니다.

그리움의 이유

언제든
달려갈 용맹한
그놈
또 다시
미꾸라지가
된다

그래도
나누는 포근한
가슴
야릇한 한 움큼

헌신의 등신불
공양을 사르고
당신의 가슴에
바람 구멍뿐

부풀어 오르다
금방 식어버리는
허무로 져버린
사랑

울림

쇠가죽 통북
막걸리 먹이고
오방색 삼색띠
은은한 미소
대한의 민족이여

설장고 장고춤
흐드러지게 피어나
버선발 긴 장삼
먹물 먹은 나비야

치배 다 모였으면
울림으로 행군 하여라
신명으로 나아가
떨쳐 올라라

남당항 해당화
날으는 갈매기야
해 저문 서해바다
붉게 물드는 노을아

딛고선 소리 뫼
울림 파도를 타고
덩실 덩실 춤추는
바다여.

소울음

송아지 당나귀 염소 닭 토끼
과거의 전통마을 봄비 맞으며
사라진 것들 그렇게 껍질뿐인 삶.
몇몇 봄비와 함께 사라질 너와 나

사랑의 길
행복이 동행하는 나그넷길
정처 없이 떠돌다
따스한 아랫목
뜨거운 가슴 보듬은 너와 나

아무리 붙들고 있어도
과거의 봄은 오지 않는다.
트랙터로 밭을 갈고
이양기로 모심는
시절에 봄
밭 갈던 소는 봄꽃!

나그네는 없고 여행사
스케줄에 스치듯
지나가는 일생.
과거의 전통 마을
진정한 사랑을 전하는 나그네

씻김 굿

가죽푸대 돌려
주고 떠나는 길가
산자의 원풀이

예술의 길은
고해의 바다
뭉그러진 버선발

꽃은 피고 지는
생멸의 무한 반복
만남 헤어짐 한 우물 두레

박새는 날아가고
고운 님 그리움에
잠 못 드는 소쩍새

이별

한평생 받을 절값
하룻밤에 받으시고
천수 한잔
올립니다

굴곡진 세월에
모진 삶을
굽어진 다리
천판 뚜껑 위에
미련 남긴 이생

뜨거운 불 찜질
금빛 가루
뽀얀 먼지로
돌아가는 길에
하늘도 울음 운다

봉화 물야
고향산천
천상의 태백산
박달령 산신 품에
편편 여여 하소서

꽃향기

꽃향기 맑은 날 마음 밭에 불을 달아
너와 나의 가슴마다 기쁨의 강물 향기로 물들여라

아카시아 꽃핀 봄바람이 흔든 자리
꽃 방울소리 산천에 퍼져 당신의 코끝에 향기로 물들여라

마음속 추억을 누르고 흘러가 웃음꽃 펼쳐놓은
빈 가슴 흔들어 청아한 방울소리 향기로 물들여라

화성 명왕성 지구 별을 돌고 돌아서 마음속 뜬 달
어릴 적 엄마 품 포근한 젖내음 향기로 물들여라

바람이 전하는 말

아등바등 설레발래 휘젓고 다녀도
못자리 숫개구리 마냥 목터지게 울어도
잘난 것도 한세월 못난 것도 한세월이더라

휘리릭 바람이 불어 꽃은 피어나
벌 나비 분주한 오월이 떠나가면
소나기 천둥 번개 분분한 땀 흘리고
쓸쓸한 조락의 흩어진 낙엽이 되더라.

사랑하고 보듬어 어깨 감싸 안아도
두 눈동자 가슴속 그리움 만 남더라
쓸쓸한 마음 달래려 뒤뜰을 걸어갈 때
문득 들리는 바람이 전하는 말 귓가에 울린다

뒷마당 오래된 감나무 홍시와 익어가며
바람이 전하는 말 들으며 살아가라 하더라.

봄으로 오신 님

사람은 스스로 웃는 푸른 별
자연에서 왔다
자연으로 돌아가는 길
꽃길을 밝히는 꽃등

아름다운 사람 꽃
항시 변하는 생의 길에
소중하고 귀한 인연
사람은 스스로 타는 사랑 꽃

사랑을 담는 그릇 사람
꽃을 담는 그릇 꽃병
별을 담는 그릇 마음

겨울을 모두 태우고 봄이 왔다
천둥소리 같은 새들의 인사에
심장은 요동친다.

젊은 날 설레는 사람 꽃
봄은 찾아 오고야 말았다
자연이 오고 가듯 순간 순간
아름다운 그대 봄 같은 사람
봄으로 오신 님

꽃길만 걸어요

사람은 모두 죽는다
그래서 사람꽃이다

젊은 시절은 지천에 흐드러지게
핀 코스모스처럼 하늘 보고
바람에
흔들리다가

중년이 되면 목단꽃마냥
붉게 물든다

세상 풍파 눈보라 속에서
매화로
피는 노년이 지나면
무덤가에 할미꽃으로 핀다

소중한 하루 하루 꽃길만 걸어가자
찰라찰라가 꽃길이다

이마에 밭고랑 같은 주름에
꽃씨를 뿌리고 보조개우물에
물이 고이면 활짝 핀 미소꽃으로 살다가
노을빛으로 물들자

복사꽃

연분홍 꽃잎은 봄바람에
빛나는 나날, 언제쯤 내 님은
오시려나 마음만 하늘하늘
흔들고 있구나.

꽃이 피고 새가 울면 탁배기
술잔을 나누던 친구는 어디를
가고 빈 술잔만 덩그러니
채울 수 없구나.

탁배기 한 사발에 복사꽃
한 잎 띄워 놓고 시 한 수
노랫가락에 취하도록 마실
친구 없구나.

복숭아나무에 복사꽃
만발한 봄날 한잔 하자구나
꽃 같은 청춘은 가는구나.
봄아 왔거들랑 혼자 가라
내 청춘은 데리고 가지 마라.

유채꽃

가슴을 아프게 하는 고독의
겨울은 가고 수많은 사람들의
언 손에 수고로움이 봄을 일으켜
세웠다.

들판 가득 노오란 물결이 봄바람에
일렁이며 내 가슴속에 침잠한다.
아~나도 누군가의 가슴을
물들이고 싶다.

겨울의 웅크린 가슴을 열고
나름대로 멋을 부린 여인들은
하얀 겨울 눈 내린 어린아이 마냥
벙글벙글 미소가 되었다.

그녀의 코끝에 향기로 남고
봄의 미소가 되고 싶다
나들이 나온 사람들의 마음을
사로잡는 노랑 저고리 연초록 치마 입은
유채꽃

봄까치꽃

보일 듯 말듯
길모퉁이 손바닥보다
작은 터에 보랏빛 꽃잔치

눈비 맞고 시련 속에
올망졸망 꽃피운 빛나는 생

볕 좋은 오후 노랑나비
날아와 가슴 가득 품어 안고
그 자리 꽃자리 꽃잔치
어둠이 내린 길모퉁이 화연

총총 별들이 내려와 함께 모여 앉아
풀벌레 연주에 봄까치꽃
덩실 덩실 춤추는 봄!
그렇게 자잘한 너를 위하여
태양은 뜨고 비가 왔노라.

꽃등

삼월의 매화를 가슴에 품어라
사월의 꽃잔치를 가슴에 담아라
오월의 신록을 가슴에 담아라

누구나 가슴에 꽃은 있다
나는 오늘 누구에게 꽃이었나
너는 지금 누군가에 기쁨 인가?

대한민국의 자랑스러운 꽃이 되라
우리 마을 행복한 가정에 꽃이 되라
스스로 피고 지는 꽃으로 피어나라

너는 어떤 꽃인가?
스스로 가슴에 꽃등을 밝혀 웃으라.
꽃을 피워야 향기가 난다.
자세히 보면 모두 사람 꽃이다.

시선

하늘 아래 꽃은 피고
나들이 나간 시선은
뽀얀 향기의 사람 꽃이
그립다

하늘과 땅은 함께 한다
금성과 수성은 다르다
배려와 사랑으로 보듬어
행복의 나날 연출하자

공짜로
배달된 하루는 선물이다
포장지를 개봉하자
스스로 걸어가
행복의 문을 열어라

너의 시선은 어디에 있는가
행복의 문은 내 맘속에 있다
신발 끈을 빠짝 당기고
입꼬리를 귀에 걸자

도공

세월의 정성을 다해 삶으로
빚은 흙 꽃 장인
빛 좋은 유약 바르고
정열의 불꽃 피워낸 혼불

정성과 세심한 배려가
녹아든 그릇이
어떤 가치로 남아도
도공의 젖은 손
마를 날 없다.

흘러가는 세월에 나는 너에게
진실한 사랑을 주었던가
흙 한 줌의 진실한 사랑을
다하라.

하늘을 닮은 둥근 그릇 한 점
정성 가득한 사랑을
사람의 가슴으로 전하는
사랑 전달자 도공
너의 가슴은 언제나 뜨겁다.

혼인서약

사랑은 시기하지 않으며
온유하고 그릇된 언행을 하지 않고
진실과 친하며 보듬어 주겠습니다
사랑아 사랑아 내 사랑아

서로 함께 같은 길을 동행하며
비바람 눈보라같이 하며
더우면 그늘이 되어 주고
추위에 따스한 온기를 나누는
난로가 되겠습니다

슬픔은 설거지로 헹구어내고
기쁨은 뻥튀기로 키우고
웃음은 바이러스 감기처럼
함께하는 달달한
사랑만 나누겠습니다

험한 세상에 위로가 되어
눈물은 강물에 흘려보내고
사랑의 샘물을 퍼 올리고
더불어 함께 하는 동반자가
됨을 맹세 합니다
사랑아 사랑아 내 사랑아

오월의 장미화

장미의 입시울
뜨겁고 촉촉한
정열의 목마름
부끄런 수줍음
감추고 있어도

붉은빛 영롱한
눈동자 빛나고
내마음 다가선
그곳은 앙가슴
서러운 눈물꽃

보듬어 내품에
잠들어 주려나
뜨거운 입시울
꽃잎을 적시는
해갈의 단비에

서럽던 눈물은
마르고 기쁨에
환희와 즐거운
노래를 불렀다
오월의 장미화

강아지 풀

봄부터 품은 마음
바람에 몸을 던져 놓고
가을 볕에 그을리고
겨우내 흔들리더니
자식 떠난 자리 눈물만 남았다

굴곡진 모진 세월
온몸으로 비바람 눈보라
모두 이겨내고 하느님 품 안에
안긴 세례명 바오로
그분의 기일은 남은 자의 잔치

온동네 마을 사람들은
아버지 기일을 모두 알고
같이 당신을 추억 합니다
밥 한 그릇도 정이 되는
시골마을에 강아지 풀

사람 살이나
강아지 풀 살이나
비바람 모진 풍파에
흔들리고 살아가고
남는 건 하루종일
하늘 보고 붓질하는
빈 껍질 손사래

민들레

깜빡하고 노란 불
밝은 신호등 인가
천천히 봄꽃들 순서를
기다리는 여린 순정이여

나 너에게 달려가리라
발밑에 천국 낙원 끝
하늘나라 별똥별 너 !
별 총총 밝은 이유뿐
널 사랑해

너는
나에게 달려오너라
하루 종일 내린 비를
맞으며 그리운 얼굴아
눈을 감아도 노란 불
보듯 뻔하다

봄

나 너에게 달려가리라
여명이 창문을 두드리면
정처 없이 떠도는 너에게 닿기를 바라고

나 너에게 달려가리라
산기슭 개울가 발을 담그고
너의 손짓을 찾아

나 너에게 달려가리라
하이얀 꽃잎 개여울을 달려 살오른
꽃반지 손과 악수하고 웃으며 가리라

나 너에게 달려가리라
소풍 나온 꽃무늬 너를
만나고 세상 아름다운 봄을 노래하리라

봄날은 간다

바람이 계절을 밀어 올려
눈보라 꽃잎은 회오리
바람에 흩어졌다
눈치 빠른 내가 먼지 쌓인
피로를 풀고 봄날은
낮잠처럼 간다

봄날의 노곤함을 뜨끈한
육수에 적시고 자아를
나누는 친구야! 등대 같은
사랑의 너는 그리움으로
시를 노래한다

보고 싶은 많은 날들은
맑은 육수 푸짐한 국밥과
그리움으로 말아 순식간에
속 깊은 내면을 채우고
봄날은 부활을 알렸다

붙잡고 버텨도 떨어지는 꽃잎
눈동자 우물이 서러워도
꽃잎은 떨어져 초록의
영웅으로 피어올랐다.
아~ 그리운 봄날은 간다

꽃 피는 인생

꽃망울 봄비를 머금고
물레방아 돌고 돌아
달빛 비치는 그리운 마음

번개가 만든 오아시스,
해갈의 찰나를 기도하자
흙바람 공기로 흩어지는
찰나의 삶이여

자연에서 왔다
자연으로
돌아가는 길,
너를 만나
웃음과 악수하는 순간
너의 극락을 안고
돌아가는 물레방아 인생아

대황하

복숭아나무에 꽃이 피고
영웅 지기의 삼총사
의리로 세상에 나아가
한세월 중원을 누비다
꽃처럼 떨어져 사라졌다.

모이고 흩어지는 난세에
구름처럼 모였다 여름날
소나기 두들겨 맞은 여린
꽃잎처럼 사라져간 영웅

시시때때로 나타났다.
사라지는 무지개처럼
희망의 설레임을 흘리고
대황하의 끝없는 강물처럼
흘러갈 뿐이다.

복숭아 꽃피는 봄
극락의 신선들은
지리산 도인들과
구름을 타고
학 두루미가 되어
대황하를 흐른다.

가을

가을이 오면 나무는 비우고
버리는 구도자가 된다
가슴을 비운 나무는
단단한 옹이를 삭이고
품고 있던 푸른 피를 개여울에 버린다

조락의 슬픔을 함께 하는
개여울은 바다로 달리고
뜨거운 태양을 만나
광풍의 열대 태풍의 소나기로
돌아온 뒤 선선한 눈동자가 된다

가을이 가면 가슴 가득한
쓸쓸한 한기로 나붓한 희망은
된서리를 만나 뒷산의 시리고 따스한
젖무덤을 찾아 눕는다

가을아 오면 가지 말아라
너 떠난 자리 한난계 추운 겨울
시루떡 같은 눈꽃이 떨어져
고운 님 떠나는 길
언 발은 슬퍼라

낮달

눈 내린 초가지붕 위
낮달이 뜨고 옛사랑
시렁에 걸어두고 보듬은 회상

초가지붕 위
내려온 하얀 백설기는
구들장 밑 붉은 알숯불에
녹아 가슴을 적시네

화로 속 고구마가 노랗게
익으면 동치미 국물과 함께
온밤을 이야기 꽃으로
하얀 밤을 지새우고

젊은 날 산마루 옆길 붉은
산딸기 철없던 첫사랑과
입맞춤하던 추억에
밭고랑 같은 주름에 꽃이 핀다
겨울날 아랫목은 산딸기 내음

눈물

골짜기 깊은 곳
푹 파인 옹이 깊은 천년솔
비바람 몰아치는 다음 날
목젖의 통증을 눈물로 토했다

봄바람 부드러운 손길
거북이 등 같은 굽은 허리
포근히 안고 황금빛 분가루
지친 대지 위에 살포시 내린다

세상 울먹이던 짐승 같은 슬픔은
따스한 눈동자 부드러운 햇살
천국의 물결 윤슬 반짝이는
노래에 미소를 지었다.

사랑합니다

봄비가 두드린 꽃잎은
차마 열정의 뜨거운
수분을 맺지도 못하고
낙화의 비명을 질렀다

열흘간 불태워야 벌, 나비,
바람, 수정의 만남을 가졌다
여름을 품고 양지바른
언덕에 유전자를 전한다

천지사방 꽃들의 노랫소리
만물의 영장 입시울 분홍
꽃잎 피어나 사랑한다는
말 백일홍 불씨를 피웠다

조락의 가을이 오면 떨어진
낙엽이 될 너와 나
입시울을 열어 간절한
고백을 성전에 올립니다
"사랑합니다" 그렇게 또
꽃잎을 포개 사람 구실을 하자

진달래

벼랑 끝 한바탕
웃음으로 피어난
연분홍 진달래
봄비에 젖어
다홍치마 갈아입고
새초롬한 처녀의
입술을 닮았다.

촉촉하게 젖은
진달래 붉은 꽃잎
남몰래 내 입술을
살짝 대고 돌아섰다.

두근두근 가슴은
산비탈을 달리고
요동 친다
진달래 봄은 용광로
활화산 뜨거운 용암
산과 들을 태운다.

인연

하루를 살다가는 하루살이
한철을 살다가는 메뚜기
백 년을 살다 가는 사람
천년을 살다가는 은행나무
같은 하늘 광활한 우주 끝
한 모퉁이를 돌고 돌아
시간과 공간을 공유하고
살포시 안긴 너와 나.

소꿉놀이 어린 시절
헤어진 그녀도 스치는
인연 품 안에 들어온
너와 나는 인연의 수레바퀴
울퉁불퉁한 길을 가리라
꽃은 피고 지고
새는 짝을 찾아 나래를
펼친다.

가도 가도 끝나지 않은
무의미한 삶이라도
인연의 끝에 호탕하게 웃을
너와 나로 남으리
붉은 노을빛으로 물드는
너의 볼을 만지고
웃으며 악수를 한다.

봄비

밤에 내리는 봄비
꽃은 울었습니다
뚝뚝 떨어지는
것은 그리움에
눈물입니다

눈동자 우물에
침잠한 나는
전설의 기억입니다.
아무리 물어보고
들어도 알 수 없는
옛사랑입니다.

하이얀 벚꽃은
알고 있습니다
촉촉하게 젖은
그녀의 철없던 사랑을

아련한 추억을
되새기며 흐르다
길 잃은 눈물의
영혼 한 움큼 내립니다.

봄비에 젖은 꽃잎은
아련한 첫사랑의
기억입니다.

소꿉놀이

아하 그랬구나!
사금파리 그릇에
모래밥도 아기자기
맛나게 먹었구나!

이것저것 모은 재산보다
이 세상에 너 때문에
행복하다는 말
더욱 멋지다!

해지면 헤어질 너와 나
소꿉놀이 친구가 되어
다정다감한 연기를
펼쳤다.

아 행복하다.
제일 이쁜 내 남편
오늘도 수고하셨습니다.
여보 고마워
모래밥 드세요.
자갈 반찬 맛나죠?

길

정처 없는 나그넷길
시간이 지나면
지날수록 길은 없다.
강물 위의 꽃잎 흐르듯
걸어가자
그냥 웃으며 살자

길 잃은 어린양
목자가 없어도
보이지 않는 길에서
만난 풀꽃 친구와
사랑하며 걸어가자.
그냥 같이 웃으며 살자.

넘어지면 쉬어가고
하늘 보고 누우면
그 자리가
천년의 영면,
죽어도 그냥 웃자.

잊으라 놓아라
무엇을 바랄까
꽃 피고 새 울면
그만이다!
햇님도 따사로이 웃는다.

얼음 땡

해가 서산 너머 자빠지고
깜깜한 어둠이 올 때까지
골목길 뽀얀 먼지 사이로
뛰어 놀던 순이
학교 가기 전 시절
목소리 큰 놈이 맘대로
정하는 규칙의 놀이는
빡빡 우기는 놈이 대장이다.

법이든 규칙이든 시간의 흐름에
모이고 흩어져 버리는 것이 자연이다.
물이 흐르고 꽃이 피듯
순리를 따라서 살다
가야 할 인생길이다.

하얀 저고리 깜장 치마 입은
순이는 어디서 또 얼음 땡
놀이를 하고 있을까?
가정이라는 동산에서 얼음 얼음
얼음 하다가 결국 마지막은 땡하고
웃으며 살겠지!

모락모락 올라오는

굴뚝에 연기 아슴아슴하다.

하루 종일 두런 두런

부산한 초가지붕 위

참새는 조잘조잘 노래를 한다.

붉은 아궁이 속 따스한 숯불에

감자 굽는 냄새 서산 너머 흩어졌다.

셋째는 선물

사랑의 진리
생명의 순환
꽃 중의 꽃 사람 꽃

청명한 하늘처럼
봄 하늘 맑고 깊고 푸른
셋째 최민기

04년 04월 04일 04시
청명일 새벽
57㎝ 3.7㎏
귀가 큰 아이가
탄생했습니다

야물딱지게 크고
과학부장관상 받은
장래가 유망한
대한민국 꽃 중의 꽃입니다.

꿈꾸는 빨래터

꿈길에 만난 님과 단둘이서
여름밤 남모르게 두 손 맞잡고
빨래터 방망이 소리 흥겨워라

졸졸졸 흐르는 물 벙그러지고
달 항아리 그림자 실룩실룩
오르락내리락 웃음 소리 가득하여라

달빛은 구름 속에 숨어 잠들고
고운 님 꿈길에 만난 빨래터
부엉이 울음소리 흘러가네요

춘삼월

붓질 색색 그리워
천상의 솜씨 꾹꾹 누르면
화사한 봄 밤꽃 내음
벌 나비가 웃는다.

천지가 사랑을 나눈다.
진달래 골짜기에 누워
계곡 물 마시고 종종걸음
달아나는 봄처녀

아지랑이 신기루 들녘
수선화 황금 나팔
노랫소리에 새들도
화답하는 봄 길은 화연

긴 둑길에 매달린
벚꽃잎이 바람에 날려
강물 따라 흘러간다.

사월과 삼월의 만남
심장은 뛰고 사랑이
가지마다 몸을 비틀고
헤롱 헤롱 춘정의 봄

너에게 난 나에게 넌

나에게 넌
봄날 벚꽃잎 날리듯
싱그러운 사랑이어라.

너에게 난 눈동자 속의
기쁨이기를,
나에게 넌 푸르른
바다의 넓은 가슴이기를,

오늘도 내일도 항상
새로운 너와 나,,,

나에게 넌 노을빛으로
물드는 태양이기를,
너에게 난 가을의
붉은 단풍잎이기를,
너와 난 소풍 끝나는 날
하늘 향해 손을 잡고 가리라.

나에게 넌 황금빛 눈물
흘리는 영원한 사랑이어라.
너에게 난 끝없이
흐르는 강물이어라.

아버지 전상서

오월의 맑고 푸른 하늘은
당신의 물지게 어깨를 잡고
유년의 고단함을 추억합니다.

"소고기 육 장에 밥 말아 놓고
문고리 잡고서 벌벌 벌 떤다"
배고픈 시절 노래를 추억합니다.

솔갑단 깔비 알차리 나무하고
새벽이면 윗목에 살얼음 얼어도
홑이불 발만 덮고 자던 당신을 기억합니다.

시냇가 미꾸라지 한 마리 잡아 큰솥에
끓여 온 식구가 나눠 먹고 "잘 먹었다"
위로하고 돌아보니 솥 옆에 튀어나온
황당한 미꾸라지를 기억합니다.

꼬물 꼬물 사각사각 뽕잎 먹고
풀 똥누던 누애치기, 비단 홀치기
바느질로 밤늦게까지 끝도 없는
고단한 노동의 삶을 기억합니다.

깜깜한 방에 혼자 일으킨 마음이라도
귀신의 눈은 번개와 같다던
수신의 말씀을 기억합니다.
사람을 하늘 같이 섬기라는
공경의 당부를 잊지 않겠습니다.

어버이날 당신의 무덤가에 달근한
아카시아꽃 튀김 승천하고 음복주
묵직한 목젖을 넘어가는 천둥소리에
그리움은 눈앞에서 흐릅니다.

사랑

싱글벙글 굼실굼실
비실비실 나오는 웃음
너의 얼굴이 가슴에 들어와
웃고 있었다
아침부터 생각나는 너
사랑하는 나는
태양도 기쁘고
비가와도 온통 젖어든다
바람이 불면 혹여
감기라도 걸릴까
전전긍긍 한다
밥을 먹어도
그녀 생각뿐이고
일을 하다가도
잠시 고개를 들어
먼 산을 보며
또 님 생각 뿐이다
사랑한다는 것은 나를 버리고
득도한 선승처럼 몰입된
물아일체의 도화세계
온 세상이 아름답고 희망 뿐이다

부석사

화엄경의 장엄한 전경을 한눈에 펼쳤다
비로자니불의 손가락 끝에
매달린 마음자락 부여잡고
화두로 앉은 뜬돌 부석사

내 마음에 번지는 노을빛이
너의 마음에 남아 있었다
가도 가도 끝없는 광활한 우주를
돌아와 손가락 끝에 매달린 화두
"이뭣꼬 나는 누구인가"

새벽 별 스러져 등신불 공양 올리고
오고 가는 바람에 풍경소리
문 없는 문을 지나
천지를 흔들어 깨우고
타오르는 번뇌를 태운다

늙은 겨울

많은 겨울이 지나고
수많은 언 손으로
보듬어 봄이 왔다

꽃이 피고 새들의
비명은 늙은 겨울을
보내고 춤추는 축제를 연다

산야에 봄비가
나려 골짜기마다
붉은 진달래 분 바르고
하얀 밤꽃 향을 뿌리고
절정의 비명을 질렀다

오늘도 내일도 나그넷길
바람이 부는 곳으로
오월의 장밋빛 미래를
위해 늙은 겨울은 떠난다

오월의 장미

하이얀 장미 하늘빛
총총 별을 그리고
까만 밤 달빛 머금고

꿈꾸는 백 장미
빨간색으로 물오른
내 마음 꽃 항아리를
보듬고 있다

반짝이는 눈동자 그윽한
그대의 눈빛에 가슴은
뛰고 함께 걷는 걸음

재잘 재잘 화사한 웃음
꼭 잡은 두 손 송송 맺힌
장밋빛 꿈꾸는 그대
봄의 또 다른 이유

무궁화 꽃이 피었습니다

겨울이 구속된 생명의 봄
고개 너머 뜸부기 사라진 골짜기
눈 녹은 개울물 바다로 흘러
무궁화 꽃이 피었습니다.

봄은 희망의 수관을 내리고 연둣빛 손을 잡고
지구 한편 낮은 숨 쉬는 봄동은 배추꽃을
피우고 노랑나비 날아올라
무궁화 꽃이 피었습니다.

수많은 사람들의 수고로운
언 손이 보듬어 오월의 장미는
기쁨의 환호를 지르고
정의에 강물이 흘러
무궁화 꽃이 피었습니다.

수양버들

비 내린 봄버들 연둣빛 물꼬를
팔마다 드리우고 봄바람에
연초록 도포자락 흔들고 서서

큰 꽹과리 자진모리
한 장단 마디마다
굼실 굼실 맞장구
뿌리를 딛고선 수양버들

봄눈 녹은 개울물
들어 마시고 탁배기 마신
광대마냥 흥겨운 어깨춤

늙은 겨울은 슬금슬금
소 뒷걸음질 돌아서고
초랭이 촐랑 촐랑
잔망스런 춤추는 봄

목련

아이들 방 창가에
심은 어린 나무
햇볕을 막아라고
일러두었다.

몇몇 봄은 말 그대로
훌륭한 그늘이 되더니
어른이 되어 훌쩍 떠난
빈방을 지키지 않고
지붕 위로 허리를 세우고 있다.

무얼 할까 쳐다봤더니
목련은 동구 밖 언덕 너머로
꽃등을 밝히고 개구쟁이
아이들을 기다리고 있다.

봄이 오면 꽃등 밝혀 찾아오라
봄이 오면 목련에게 부탁하노라
봄이 오면 다시 오라 부탁하노라.

세월호

삼 년 너무 외롭고 보고 싶었다.
사는 법을 배우지 못한 어린 영혼아....
봄이 되면 만나 함께 태양의 사랑을 받자.

맹골수도 고통의 물살
끝없는 기다림 만나고 싶다.
아가야....
가만히 있으라는 피눈물의 말을 이제서야
빨리 나오라고 외친다.

여린 갈대의 짠물 먹은
청춘 아! 젖은 몸 안고 슬퍼 말아라
돌아온 너를 안고
사랑해 미안해 돌아와서
고마워 외쳐본다.

너와 함께

매화나무를 심고
봄을 마주 보고
추운 겨울을 회상하던
일반적인 봄.

지천에 널린 작은
풀꽃을 버렸다.
달빛도 목련 꽃이
부끄러워 구름
이불 덮고 잠자는 밤.

내 님 허연 젖가슴
품었던 꿈.
구들장 아궁이 속
붉은 알불이
꿈틀거리는 아랫목.

허연 달 항아리 들고선
뜨거운 밤.
도란도란 속살거리는
군고구마 소리에
피식 웃음이
절름 절름 걸어온다.

노을

넌 나에게 갈 데까지 간
아름다움
나에게 너는 외박을
부르는 끌림
온 누리 붉게 익는다
내 맘도 물든다
황혼이 물드는 넌
태양 꽃

노을빛 가슴 뜨거운 이별은
잉여의 시간을
태우고

하얀 포말의 파도처럼
금방 사그러들어
겨울의 조락을 마주하고
불찜질의 화변을 만나
황금빛 한 줌 가루로
귀결되는 사람 꽃

대한민국

하늘로부터 내려와서
널리 인간을 이롭게 하는
천손의 나라.

가장 작지만 활 잘 쏘는
주몽의 나라.

예술의 깊이를 섬나라에
가르치고 베푼
백제의 나라.

나라님이 백성을
어여삐 여겨
문자를 만든 나라.

마을 신을 만들고
신명을 받드는
신바람의 나라.

춤과 노래로 한류를
창조하는
신명의 나라.

예술을 사랑하고
문화의 힘이 강한
선구자의 나라.

봄부터 여름 익어
가을 단풍 물들고
눈꽃 떨어지는
꽃뫼의 나라.

봄바람

죽은 듯 꽁꽁 여민 가슴
촉촉한 사랑비 품고
살살 문지르는 호미질에
밭고랑 사이로 벌어진
다랭이 밭

꽃씨 품으면 꽃피우고
무씨 품으면 무를 품고
호미가 문지르는 흙고랑 마다
저마다 봄의 절정을 노래한다

왠 종일 봄처녀 치마 속 같은
다랭이 밭에 숫총각의 호미질에
후끈한 봄바람

여자

여자는 그래요
이쁘다고 하면
세상을 얻은 듯
기뻐 하지요.

남자는 그래요
여자가 웃으면
세상을 얻은 듯
기고 만장하지요.

포장지가 중요한 여자는
가방과 옷 화장의
색조가 중요지요.

이쁘다는 칭찬이 듣고 싶어요
남자는 그걸 모르고
눈치 없이 칭찬할 줄 모르지요

구체적인 칭찬 거리를
매의 눈으로 살펴야
신사라는 소릴 들을 수 있지요.

누구일까요

세상이 생기기도 전에
나는 누구일까요
지구가 생기기도 전에
나는 누구일까요
우주가 생기기도 전에
나는 누구일까요
할머니의 모진 세월을
측은지심으로 보는
나는 누구일까요
살아있는 가죽푸대의 화끈한
움짤에 처연한
나는 누구일까요
오고 가는 생의 고락에 윤택한
미소를 짓고 있는
나는 누구일까요
꽃편지 화사한
발길마다
시샘하는 바람의
앙칼진 도발에도
흐르는 꽃잎입니다
봄의 정취를 만끽하는
바람에 흩어져 날리는
하이얀 매화 꽃잎입니다
나는,,,,

전 나무

끝없는 조락의 세월
전나무는 탄탄한
뿌리를 내리고

구름 바람 노을
따스한 태양과
친구하며 살아가는
전나무

뽀얀 웃음에 프랭크
로렌 소중한
전나무 친구
호주에서 공무원하는
애이미 엄마

단단한 시간은 흘러
여기까지 왔다
고향을 그리워하며
딸아들 키우며
뽀얀 웃음 가득 하기를. ..

사랑을 품고
보듬어 물소뿔처럼
단단히 둥글게 굴러가는
인생길 되기를 바래 봅니다

77

유희

세월이 흐르면서
알아버린
조락

어제는 모르겠다
오늘은 알겠다.
시들어 갈
조락

삼월 꽃잎이 떨어져
슬피 우는 나무
오월의 신록에 웃더니
된서리 낙엽 된다.

세월 흐르고
복종의 조락이
시들고 헤어지는
것인 줄 알았는데
유희의 놀음이더라.

시인

춤추는 시인
감정 이입이 조금 되는
뚝배기 같은
시인입니다.
시가 밥은 아니지만 영혼의
양식은 됩니다.
배는 고프지만 마음은
따스한 시밭에 시를 뿌리고
소처럼 되새김질합니다.
달금한 향이
전두엽을 지나 후두엽까지
번집니다.
촉촉한 감성의 시는 못 쓰지만
눅지근한 삶의 꽃을 노래합니다.

매화

따스한 봄기운에
몽정하는 청춘의
싱그러운 향기

매화의 기운에
벌들은 분주한
향기를 나른다

님을 불러 달빛
빛나는 밤에
보듬고 입맞춤하고

매화꽃도 부끄러워
붉게 익는다
깊은 밤 사랑 푸르다

꽃내

무도리 마을
강둑길 따라
꽃내 칠백 리

하이얀 꽃 너울 너울
춤추는 양반 광대

쇳소리 가죽푸대자루
막걸리 한 사발

먼 산 부엉이 달빛 아래
구슬피 울음 운다.

꽃길

부끄러운 새앙쥐 마냥
시나브로 밤사이 오신 님
반가운 마음에 뛰어나가면
봄볕에 사그러든 그리움

사랑은 봄눈
구름이 병풍이고
바닷물이 술이라도
오고 가는 생은
허망한 것이다

극락 천국은 마음에 있다
맘을 고치면 습관이 바뀌고
습관이 인생이 된다
바로 지금 행복하라
그리움을 비우고
꽃길 만 걸어가자

바보 사랑

사랑은 나그네
정처 없는 떠돌이
정착지를 찾는 여정

천리만리 떨어져
있어도 보고 보곱다
안고 있어도 그리운 정

그대는 나만 보면 배실 배실
내 사랑 항상 웃고 있네요
바보처럼 까꿍 인사합니다

따스한 눈길로 마주 보고
미소뿐입니다
개구쟁이 어린이가 됩니다

사랑은 바보입니다
내 사랑은 철없는 바보입니다
길 떠난 나그네의 빈 가방입니다
그래도 웃고 있는 바보가 좋습니다

동백꽃

통으로 뚝뚝 떨어지는
동백꽃은 님이 보고파
흘리는 눈물인가 봅니다.

바닷바람을 맞는 가지마다
붉은 마음 향기를
실어 보냅니다.

바다는 덩실 덩실
빨간색으로 춤추는
무녀가 됩니다.

쪽빛 바다와 하나가 된
동백꽃은 멀리 떠난 님에게 보내는
내 마음입니다.

연리지 사랑

촛불 밝은 무수한
밤 지내고 태극기
연리지 나무에
걸어두고
딛고선 고락의 세월이여
울고 웃던 모진 세월
이겨낸 든든한 옆지기
인용 기각
큰나무 한뜻이다.
굳건히 딛고선
대한의 나무여
연리목 사랑 나누리
지난한 무위의 악행
죄 꽃잎 피어
벌 열매 맺는구나
웅부하는 대한민국호
하늘을 날아 연리목
사랑비 내린다
흠뻑 젖은 대지의
보듬은 사랑
대공무사 국태민안
조국 통일 시급하다

운주사 와불

포구의 등대는 뱃길을
비추는 대자대비 심.
운주사 와불 부처님은
오고 가는 세월을
비추는 등불
무애법계 처처불
와불도 등대도 혼불.

오고 가는 생에
누워도 앉아도
모두 빛나는 꽃
내가 밟고 있는 별이
가장 빛나는 별
꽃을 담으면 꽃병
사랑을 담으면 사람꽃

의사가 허리에 무리
간다고 무거운 것
들지 말라고 해서
오줌을 눌 때도 뒷짐 지고
누는 놈이 이불 위로 쑥,
혼자 텐트를 치고 아득한
아픔으로 잠을 깬다.

꿈쩍도 안는 옆 지기
보름달 밝은 밤을
슬쩍 옆구리 찌르고
다리를 올린다.
사랑꽃, 사람꽃, 박꽃 피는
구름 위에 운주사 와불
별이 뚝뚝 떨어진다.

목욕탕 가자

1999년생 2000년생 2004년생
물총 찬 놈들 세 놈의 아빠 최영호
어릴 적부터 목욕탕 가길 좋아하던 놈
어릴 때는 가자고 졸라도 때 미는 게
언썽시러버 온갖 핑계로 꽁무니를 뺐다

인제는 대가리 굵직한 놈들이라
등짝 좀 밀어줄랑가 싶어
가자 가자 해도
이놈들이 꽁무니를 뺀다
에 ~고 자기들이 저절로
큰 줄 아는 물총 찬 놈들

마음

찰나를 살아도 그곳은 꽃밭입니다
세상을 바꾸는 것도 내 마음이 가는 길에 있습니다

청정하고 맑은 마음에 밝은 광명뿐입니다
무위의 그곳은 청명할 뿐만 아니라
바랄 것도 구할 것도 없습니다
마음 가는 곳이 바로 꽃밭입니다

찰나를 살다 가는 그곳이 마음입니다
마음속에 삶이 있고 행복이 있습니다
빈방에 등불을 켜고 마음이 가는 길 따라 갑니다
세상은 내 마음이 가는 곳에 있습니다

정동진

시리도록 푸른 파도
쉼 없이 부서져 포말을
일으키는 정동진의 새벽은
달콤한 애인의 입맞춤

철마는 목마른 갈증을
바다와 만나 덩그러니
언덕에 올라앉아 차를
마시고 바다를 마신다.

인생은 여행길
기차를 타고 달리면
연인의 사랑스러운 시간이
정동진 간이역 창가에
모래시계 드라마가 된다.

바다, 달, 별, 소나무의
풍경이 정물화처럼 스친다.
너와 내가 마주 보고
눈웃음 지을 날
정동진 간이역일까?

사랑하는 님아 !
겨울 바다의 모래시계는
벌써 지나가고 인생극장의
주인공은 바로
너와 내가 주연배우다.

경칩

어제보다 오늘 더
반갑습니다
하루 하루 새록 새록
초록빛 그대에게
"까꿍" 인사 합니다.

서로가 마주 보면
기쁘고
웃음만 납니다
볕 좋은 매화꽃은
"까꿍" 인사 합니다.

뿌리 깊은 심연의
침전된 사랑을
봄볕에
분홍 꽃잎으로
"까꿍" 인사 합니다.

봄바람이 불면
이리저리 날리어
흐르는 강물에
흩어져 내년 봄 되면
돌아오겠습니다.
"까꿍" 인사 합니다.

SNS

님의 인생을 보며 배우고
소통하는 넓은 범위의
만남의 광장
나를 보여주고 너의 소소한
일상을 담은 친교의 공간
서로를 응원하고 칭찬하는
사랑방

소중한 사람꽃이 피고 지는 곳
어떤 꽃이 피고 질까
친구들이 궁금해서 엄지손가락이
분주하다
인간사 봄만 같아라
마음에 봄꽃 피우고
봄처럼 기쁘게 생각하라

간절하게 바라던 봄
나의 봄은 우리에 봄이 된다
눈이 오면 봄꽃이 피리라
세상 모든 것이 마냥 봄이다
사이 좋게 피는 꽃 SNS

오래된 친구

손안에 하얀 바둑돌
고심하듯 심도 있는
인생 이야기 나누던
어린 시절의 친구

밤바다 부서지는
파도의 하얀 포말처럼
끝없이 이어진 수다로
지새우던 오래된 친구

코끝으로 밀어붙이던
산돼지의 세월은 지났다
노을빛으로 물드는
산야에 굶주린 짐승으로
내려온 어설픈 불 꺼진 방

사그러드는 아궁이
타다 남은 눈동자
다시 보는 나와 너
돌아와 마주 보는 찻잔은
뜨거운 옛 시절 풋풋한 첫날밤

북간도의 별(윤동주)

하늘이 맑은 북간도
별이 노래를 합니다.

백 년 전 태어난 윤동주
밤마다 그토록 많은
별들이 동토의 찬바람과
스쳐 울었습니다.

맑지 않으면 볼 수 없는 별
나는 오늘도 윤동주를
그리워합니다.

별을 헤이던 북간도를
그리워합니다.

따뜻한 남쪽 나라에는
꽃이 피고 새가 웁니다.

북간도의 하늘은 푸르고
바람과 별과 시와 어머니
그리고 윤동주가 스치운다.

춘매

청매실의
꽃내음이
꿀빛 입니다.

달콤한 봄볕이
분주한 벌의
나래처럼
포근하게 대지를
두드립니다.

오월 알알이
푸른 매실
맺은 정성을
가슴에 품고
너를 기다리겠습니다.

그리운 태양이
하늘을
달구는 여름이 오면
소나기처럼
사랑도 쏟아져
흠뻑 젖어
버릴 것입니다.

겨울비

창문을 두드리는 소리에
님이 오신 소식인가
문득 깨어
밖을 본다

차디찬 님의 얼굴과
깜깜한 어둠이 방안으로
들어와 마주 앉았다.

겨울비 떠난 그곳에
새싹은 혼자서
아침을 먹는다.

함초롬 머금은 미소에
가슴은 뛰고
포근한 아침
햇살이 머리를 비춘다.

각시섬의 노을

하얀 포말 부서지는 그 자리에
그리움도 사그러든 파도의 울음소리
처절한 그리움을 속으로 삭인 눈물 바다

시리도록 푸른 쪽빛 바다의 밤새운 산고는
여명을 깨우고 불타는 용광로가 되었다.

아 ~! 뜨거운 남도의 찬란한 노을이여
너는 대한민국의 뜨거운 열정이다

각시섬의 바다는 수줍은 새색시 마냥 붉게 익는다
무안군의 각시섬은 이루지 못한 사랑 이야기
노을빛으로 울고 있다

삼일절

국가와 민족을 위해
헌신한 애국 투사의 나라
스스로 피고 지는 꽃의 나라
굴곡진 세월을 백절불굴의
정신으로 삼월이 되었다
당신들의 천국 낙원에
삼월의 편지를 올립니다
천지신명
지구 우주 만물의
정령들아 화연의
삼일절 만만세
대한민국 만세
자유와 평화가
강물처럼 흐르고
저마다의 하고자
하는 일을 마음껏
할 수 있는 나라
문화의 힘이 강한 나라
출산율이 높은 나라
문화민족의 자긍심이
높은 나라
서로 서로 보듬고
나누는 나라

이름 없는 별

밤하늘 깜깜한 어두움 속
노둣돌 딛고 올라탄
천마의 잔등이 땀으로
젖도록 달려 너에게
닿기를 바랍니다

유월에 푸른 하늘 위
들 꽃길에서 노닐다
은하수 너머로 보이는
별에서 잠드소서

조국의 별로 산화하신
이름 없는 무명용사여
당신이 바친 청춘으로
오늘을 살아갑니다

당신이 흘린 뜨거운
사랑을 기억합니다
고개 숙여 명복을 빕니다
국화 향기를 올립니다

봄이 쓰는 시

대지의 시인은 시를 쓴다.
어머니 가슴으로 품은 씨앗
봄볕이 따스한 날
시나브로 피어난 민들레
노랑 꽃 천지!
별이 빛나는
밤에는 별일까?
꽃일까?
분간할 수 없다.

그대에게 가는 길은
봄이 쓰는 시.
달빛 하얀 밤
유채꽃 밭길
총총 부서지는
별은 사랑일까?
사람일까?
분간할 수 없다.

팔공산 동봉

눈 녹은 옥빛 물
비스듬하게 누운
바위를 구르고
징검다리 사이를
흐르는 겨울의 눈물

미국의 레이더 기지
팔공산 동봉 하늘
고슴도치 가시 마냥
찌르고 서 있다

수도사 까까머리 여승은
방실방실 웃고
팔공산 공원 관리원
진달래꽃 피라고 재촉하는 봄

겨울잠 깬 아이들을 데리고
맑은 수정 공기 흐르는
공산 폭포 힘찬 시간을
달린다

어릿광대의 꿈

가을이 오면 마을 앞 홀로선
느티나무 서낭목에 달빛이
찾아와 그림자 드리운다

혼자 우는 부엉이
산속 깊이 날아가면
푸른 빛바랜 낙엽에 바람이 스치운다

달도 바람도 부엉이도
떠난 서낭당 나무에서 떨어진
비에 젖은 낙엽이 슬프다

바짝 마른 할머니 부지깽이 슬그머니
껴안고 초가집 아궁이에 들어가
붉게 익는다

뜨끈한 아랫목에 가슴 녹이고
푸른 창공을 날아 고운 님 품속에
따스한 가을볕으로 안긴다

한솥

"카레"
한 마디에 이틀 동안 먹었습니다.
그래도 맛있어서
밥 다 먹고 몰래 퍼먹다,
딱 걸렸습니다.
안 먹었다 꼬
딱 잡아뗌 ~^^
그랴도 노리끼리한
카레는 혓바닥으로 설거지한다
정말로 맛있다.

국민학교 보이스카우트 야영 가면
감자만 넣고 석유 버너 불에 코펠
밥과 은해사 근포정 솔나무 향기와
먹던 추억에 맛 !
마누라가 놀러 가면 또 한솥---!
막내는 내 아들이 확실하다
맛있다고 동동 뛰는 놈.
은해사 근포정 솔향이 폴폴 난다.
가족끼리 이러면 안 되는데
카레가 이쁘다.

홍매화

가시 돋은 가지 꽁꽁
언 하늘을 찌르면
푸른 창공에 방울방울
붉은 마음 피어난다

글 읽는 소리 너머로
봄바람 불어오면
병산서원 앞 마당에
꽃잎 강물 따라 흐른다.

병산서원 만대루에
걸린 낡은 북소리
들리지 아니하고
선비를 꿈꾸던
불타는 청춘의 봄은
병산에 걸렸다.

알록달록한 관광객들로
붉게 물드는 병산마을에
찬란한 초록 물결이
넘실대는 오월이 오면
홍매화 붉은 마음
창공에 되새기며 그려 넣었다

할미꽃

아버지 무덤가 할미꽃 친구
다람쥐 고라니 쉬었다 갑니다
흐르는 세월 가슴에 품고
보랏빛 옷을 입고 인사를 합니다

자글 자글한 주름에 바짝 마른 할미꽃
살림살이 고달파 허리 펼 날 없더니
피어도 구부린 등 언제 바로 서 볼까요

볕 좋은 무덤가 홀로 핀 할미꽃
아무도 오지 않는 산속에 보랏빛 가슴 열고
짓무른 눈가에 방울방울 흐르는 눈물
옷고름 마를 날 없습니다

도끼

수천만 년 전 돌도끼
짐승을 때려잡고
나무를 자르고
침입자를 막는 무기였다

하회마을 나무로 만든 가짜 도끼
소 한 번 때려잡을 때마다
세 번씩 휘두른 도끼 ...
일 년이면 천 번,
이십 년 동안
이만 번을 일했구나 !

고생했다 도끼야~
소대가리만 때리지
지금부터는 사람
머리통 때리지 마라

하회마을 백정의 도끼는
나무도끼지만 가끔 사람도
때리는 무서운 놈
도끼에 눈을 그려주며
빌어 봅니다

봄볕

겨우내 움츠린 마음 밭
비닐을 걷어내고 꽃씨를 심으려고
봄볕에 걸어 두고
밤새 별을 헤이다
깜빡 잠이 들어버렸습니다.

창문으로 들어온 봄이
품속에 안기더니
묵직한 바위로 눌러앉았네
봄볕에 걸어둔 내 마음
봄바람에 날아가더니

고운 님 맑은 눈동자
작은 연못에 빠져
퐁당 퐁당
물장구치는 개구쟁이
어린이가 되었습니다.

까꿍! 눈부신 봄볕이
눈치채고 배시시 웃습니다
사랑은 숨길 수 없는 봄볕입니다
자꾸만 가까이 다가옵니다

제주도

살랑살랑 흔들리는 모습에
너인 줄 알았다.
그녀와 처음 걷는 길가에 노오란 꽃
한 밭이 모두 너란 걸 알았다.

제주도 구멍 난 담벼락 유채밭
연초록 치마에 노란 저고리 입은
새색시 입가에 봄바람이 분다.

한라산 돌하르방 곰삭은 얼굴에
빨갛게 미소꽃이 핀다.
새신랑 코가 벌름거리며 벙그롭다.

봉숭아

흙담 아래 겨우내
하얀 눈비 맞으며
그리운 봄을 기다리려
쑤욱 고개 내밀고
붉은 꽃 손 내민 봉숭아

담벼락 밑에 홀로 핀
붉은 봉숭아
무에 그리 서러운지
뚝뚝 터져 까만 눈물
떨어집니다

첫눈이 오면 오신다는
어여쁜 님은 오지 않으시고
괜스레 새끼손톱에 물든
분홍빛 너의 얼굴을 바라봅니다

내년 봄을 기다려 까만 씨앗을
또 그 자리에 심어 봅니다
언젠가 사랑을 이루어줄
봉숭아 너를 위하여 기도합니다

묵은지

푸르른 배춧잎에 소금 염장 지르고
노곤한 몸 온갖 양념 립스틱 바르고
온 동네 사람의 솜씨로 태어난 김치
세월에 꺾인 청춘의 꽃
기역자로 꺾인 허리와
총총 걸음걸이 시커먼 김장독을 나온 묵은지
나무뿌리 같은 거친 손으로
뭉텅 뭉텅 도마 위에서
춤추고 안동에서 온 간고등어와
만나 보글보글 찌쪄온 어무이 밥상

뭉클한 겨울 이야기
끝도 없는 이바구는
고단한 하루에 자장가
무심히 흘러가는
혼자 중얼거리는
고장 난 라디오
사랑은 또 그렇게 곰삭은 맛
달지도 맵지도 않은
누린내 나는 묵은지는
어무이 자식 사랑

소나무

일제강점기 아버지는 기호씨였다
이웃집 할배는 아버지를 "기호야!"하고 부른다.
어린이에게 씨를 붙일 수 없다고
한사코 기호야 하고 불렀다
작은아버지 이름은 다쪼였다

친인척 장례식에 가면 기호씨를 부른다
나의 존재는 기호씨가 있어야 한다
그 시절을 함께한 분들은 나를
기호씨의 아들로 알기 때문이다

언젠가 하늘에서 아버지를 만나려면
기호씨를 찾아야 하나?
바오로를 찾아야 하나?
긴 겨울 닭서리를 하며
다쪼와 놀고 계실 거다.

굴곡진 시절 소나무 껍질 벗겨
송기죽 먹고 물지게 지며 살다간
기호씨와 다쪼를 기려본다.
선산에 소나무는 군데군데
벗겨져 상처투성이로
아버지 산소를 지키고 있다.

빠뽕

137억 년 전 처음 우주가 생기고
50억 년 전 처음 지구가 생기고
몇만 년 전 인간이 생기고
몇천 년 전 나라가 생기고
몇백 년 전 학교가 생기고
몇십 년 전 중학교에 들어간
큰아들의 교복을 물려 입은
막내 빠뽕이!

뭐가 되도 될 놈!
막내라 항상 작은 줄만
알았는데
온 우주의 정기가 모두 모여
빠뽕이도 크고 있습니다

지구의 평화와
자유와 평등에 길에
피의 십자가를 지고 가리라
믿습니다

성직자 신부님의 숙제

내 사랑 로사는 천주쟁이,
신부님이 하라고 하면
하느님 왕국의 말씀은
꼭 지킨다

새벽부터 부산하게 얼라들을
다그쳐 깨워 셀카봉으로 진두지휘를
한다

다섯 명이 모이려면 새벽 아니면
자정이 다돼야,
각자의 부산한 소일을
내려놓았다

하느님은 진짜 바쁘다.
하나 둘 셋 "찰칵"
번개처럼 각자의 웃음꽃으로 다녀가신다

덧칠

뜨거운 비바람 온몸으로
부딪혀 퇴색한 빛
그늘진 마음 더듬어 부여잡고
초심의 소녀감성 붉은 입술 덧칠해요.

덤으로 얻은 하루 누르면 바뀌는
신호등 마음의 등불을 밝히고
오월의 장미를 피워 올려라.

덤으로 온 하루 복기하면
다시 올 사랑은 더욱 쫄깃하리라.
선물로 돌아온 태양빛 덧칠
첫 키스의 눈맞춤은 깊어라.

탄력 잃은 뒷좌석 퇴색한
마음자리 행복한 미소 꽃씨
다시 뿌리고 덧칠한 입술
눈인사 뜨거워라.

설렘

봄이 오신다 하길래 문밖에서 기다려요
심장 소리가 두근두근 뛰네요

매화나무도 봄바람에 흔들린다
빨리 오렴 봄아 !
땀나도록 뛰어가 봄을 만나자

내 마음속에 벌써 봄이 들어와 천둥벌거숭이 마냥 날뛴다

봄이 오면
꽃은 연초록 치마를
하늘에 펼쳐 놓고
별과 춤춘다

참 좋은 당신

당신의 가슴이 뜨거운
열정으로 타오르면
세상 만물이 응답합니다
꽃도 웃고 지나가는
바람도 말을 합니다

당신은 참 좋은 사람이라고
환한 미소로 답장을 합니다
우리 모두 참 좋은 사람입니다
아픔도 슬픔도 한 우물입니다

좋은 사람은 맑은 우물의
물을 퍼 올리듯
지구를 퍼 올립니다
사랑을 퍼 올립니다

꽃잎이 하얀 바람에
날아가 버려도 열매의 여름은
달고 시원합니다
당신이 퍼 올린 사랑이
가슴 뛰게 합니다

함양 상림 숲

오월이 펼쳐 놓은 백련꽃잔치
벌 나비 번지럽게 들락날락
후끈 달아오른 환희와
기쁨으로 사랑 노래 부릅니다

분홍빛 꽃잎 피어나
수줍은 새색시 붉은 입술
벌거벗은 나신으로 돌아온
아름다운 잉태의 계절이여

녹음의 치맛자락 드리워
보일 듯 말듯한 사랑의 결실
꽃은 피고 축복의 계절
알알이 보듬은 여름 익어갑니다

보름달 차오르는 포근한 가슴
함양 상림 백련은 피고
두터운 손 맞잡고 꽃피운
사랑은 찬연합니다

풍경소리

오고 가는 바람이 풍경을 흔들고 지나가면

빈 마음의 속을 비운 좋은 소리의 울림으로
바람에게 대답하고

스치고 지나간 소리는
맘속 깊은 곳에서 합장
합니다

밤세상을 돌고 돈
별들은 운주사
북두칠성이
되었습니다

뜬구름 같은 생
자연에서 왔다
자연으로 돌아가는 길

바람이 흔들고 간
풍경이 울리는 이유
대자대비심
보리심

비빔밥

정월 대보름 남은 나물,
비빔밥으로
아침 식탁에 올라와 앉았다.

아이고~ 인삼보다 귀하신
계란 후라이 얼른 먹고
게임 하느라 정신 나간
막내아들 후라이를 훔쳐오다,
딱 걸렸다.
계란이 비싸 눈칫밥
그놈의 AI가 대한민국의
평화를 해치고 조국의 통일을 막는다.

빠뽕아! 어학연수가 그리도 좋더냐?
입꼬리가
하늘로 승천하는구나
우리 집 비빔밥의 핵심은
빠뽕 후라이다.

은하수

마주 보는 두 눈동자 별도 웃고
달도 미소 짓는 밤
돌고 돈 달도 밤잠도 없는 별도
까만 밤, 하얀 눈물의 동행

한 해 한 달 하룻밤 샛별도
사랑의 그리움에
바닷가 파도마냥
울고 또 울고

적막이 새벽안개를 보듬으면,
달도 수평선 위로
잠이 들고....

은하수 강물 위에 띄운 조각배
우리는 또 어떤 세월에
다시 만나 마주 보고 웃을까 ?

별도 달도 젖지 않는 맑은 영혼
그대여 웃어요
다시 만날 그날, 빛나는 밤을 위하여!

편지할께요

시리도록 푸른 하늘
당신을 사랑하는 마음 담은
조각구름 펼쳐놓고 나를 그려 넣어요

오 그대여 나의 편지를 받아주오
봄바람이 되어 그대 창문을 두드려요
내 마음을 받아 주세요

꽃뫼에서 날아온 꽃잎입니다
그대의 머리 위에
하얀 배꽃 되어 안기고 싶어요

그대여 편지할께요
붉은 저녁노을과 함께
그대 가슴에 따스하게
물들이는 태양이고 싶어요

단비

비는 내리고 음악은 흐르고
빗속을 걸어가는 우산 속 연인의
두근거리는 설렘보다
목마른 생명의 즐거운 환호성이여.

떨어지는 빗방울의 노래를 들어보자
세상에 그 어떤 훌륭한 악기가
가뭄의 단비보다 아름다운
소리를 낼 수 있을까?

목마른 그녀의 대지에
사랑 비 내려와 푸르른
나뭇잎은 일어나 들판 가득
벙글벙글 미소를 지었다!

푸른 별 생명들마다
환희와 기쁨으로 춤추는
난장판 축제가 열린다
자연의 품 안에 단비의 외마디 소리
똑 똑 똑 천지를 울린다.

화두

때를 아는 가을 산 얼마나 정직한가!
뿌리로부터 끌어올린 푸른빛 반짝이다.
된서리 내린 늦가을 계곡마다 나무들
내 뿜는 맑은 윤회의
수액을 고스란히 받아
내리는 엄숙한 의식을 치른다.

비워야 살 수 있는 나무는
겨울을 위해 물을 버린다
자연의 힘은 순리를 따르는
정직함에 있다.

반백의 나이에
무엇을 비우고 버렸는가?
자연에서 왔다
자연으로 돌아가는 길에
꽃피는 봄날이 몇몇 날 인고?
이 뭣꼬

꽃이 핀다

봄부터 모내어 노랑 모를 정성 들여
보살펴 키운 나락, 볕 좋은 가을 쿵마 캥캥 타작하고
방앗간에 돌돌 갈아 떡살 곱게 가루 낸 뜨끈한 가래떡 !

설날 떡국 조상에게 올리기 전에 지나가다 먹으라고 주신다.
인심 후한 우리 마을 할머니.
철물점 뜨거운 물 부은 봉지 커피 대접하고 마주 보고 앉았다.

떡 가락 늘어진 차진 손가락 끝으로 긴 혀가 마중 가고,
목구멍에 앞서거니 뒤서거니
봄부터 기른 정성이 꼴딱꼴딱 넘어간다.

쫀득 쫀득한 떡 가락이 입안에서 오물오물
기쁘고 즐겁게 맛나게 먹으면,
당신의 밭고랑 같은 주름에 미소 꽃이 핀다.

별의 후일

모이고 흩어진
별의 후일
힉스 입자들 가버린
유토피아 가슴 한편
그녀의 웃음소리
맑은 물 안개 밀려와
내 품에 안겨 주었다

비바람 불어 댓바람의
일렁임이 잦아들면
스러진 청춘의 분홍빛
양귀비 꽃잎 보면
그녀가 그리워 불현듯
길 옆 양귀비꽃 앞에
한참을 멍하니 서 있겠습니다

많은 날들이 주마등처럼
달려 어딘가에 처진 어깨
주저앉은 허리를 잡고
쓸쓸히 조락의 낙엽이 되어도
빛을 잃고 잊혀져도
가슴 한편 맑은 웃음으로 남을 별

검버섯 듬성듬성 손등에 피어도
악수를 나누고 입가에 미소로 만납니다
먼 훗날 달려와 매달려 팔짱을 끼고
내가 양귀비라 속삭일 명랑한 별님

늙은 책장 밑 비뚤어진 글들은 잠들어
잊혀져도 양귀비 꽃잎 하늘하늘
이슬 맺힌 깊은 밤 눈물 흘리며 울겠습니다
어둠이 먹어 버린 것은 단언컨대 과거뿐입니다

최영호 시집

초판 1쇄 : 2017년 6월 28일

지 은 이 : 최영호

펴 낸 이 : 김락호

디자인 편집 : 이은희

기 획 : 시사랑음악사랑

인 쇄 : 청룡

연 락 처 : 1899-1341

홈페이지 주소 : www.poemmusic.net

E-Mail : poemarts@hanmail.net

정가 : 10,000원

ISBN : 979-11-86373-75-0

수익금의 일부는 국가무형문화재69호 수익사업에 쓰입니다.